OBJETS DE VITRINE

TAPISSERIES

Appartenant a Mme X[…]

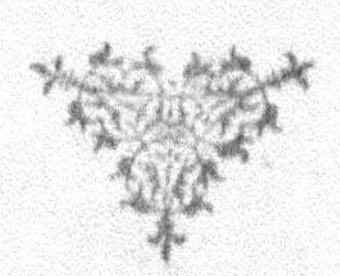

EXEMPLAIRE D. H. SELIGMANN

IMPRIMÉ PAR E. STENDHAL

OBJETS DE VITRINE

TAPISSERIES

CONDITIONS DE LA VENTE

Elle sera faite au comptant.

Les acquéreurs payeront *dix pour cent* en sus des enchères.

L'exposition permettant au public de se rendre compte de l'état et de la nature des objets mis en vente, aucune réclamation ne sera admise une fois l'adjudication prononcée.

Paris. — Imp. Georges Petit, 12, rue Godot-de-Mauroi. — 13469-97

CATALOGUE

DES

OBJETS DE VITRINE

DES

Époques Louis XV, Louis XVI

ET AUTRES

ANCIENNES TAPISSERIES

des FLANDRES et des GOBELINS

Appartenant à Mme X'''

ET DONT LA VENTE AURA LIEU

HOTEL DROUOT, Salle N° 6

Le Vendredi 22 Février 1907, à 3 heures

COMMISSAIRE-PRISEUR	EXPERTS
Me LAIR-DUBREUIL	MM. MANNHEIM
6, rue Favart, 6	7, rue Saint-Georges, 7

EXPOSITIONS

Particulière : Le Mercredi 20 Février 1907, de 1 h. 1/2 à 5 h. 1/2
Publique : Le Jeudi 21 Février 1907, de 1 h. 1/2 à 5 h. 1/2

Désignation des Objets

OBJETS DE VITRINE

1 — ÉTUI PORTE-TABLETTES, décoré au vernis et galonné d'or ; sur une face, le Concert ; sur l'autre, les Petits peintres.

Haut., 92 millim.; larg., 60 millim.

2 — BOITE ovale en or émaillé rouge, bordures et montants de petites feuilles émaillées sur fond amati. Sur le couvercle, médaillon ovale peint sur émail en grisaille à sujet allégorique.

Grand diamètre, 65 millim.
Petit diamètre, 50 millim.

3 — BOITE ovale en or émaillé bleu, bordures de feuillages et cabochons simulés en émail ; sur le couvercle, médaillon peint sur émail : allégorie de l'Amour.

Grand diamètre, 65 millim.
Petit diamètre, 50 millim.

— 6 —

1.100
Marel

4 — BOITE ovale en or émaillé bleu, bordures et montants ornés de perles simulées en émail. Sur le couvercle, médaillon ovale du temps de Louis XVI, peint sur émail ; scène de sacrifice.

Grand diamètre, 85 millim.
Petit diamètre, 65 millim.

13.000
Fernand Robert

5 — DRAGEOIR oblong en prime d'améthyste taillée à cuvette ; monture à charnière et appliques du couvercle et de la face antérieure, en or ciselé, à sujet mythologique et rocailles, avec pierreries sur le devant du couvercle. Époque Louis XV.

Long., 85 millim ; larg., 60 millim.

1.000
Bon de Maleche

6 — DRAGEOIR ovale, de la fin de l'époque Louis XV, en prime d'améthyste gravée, monture en or à charnière ; sur le couvercle, petite gouache d'époque postérieure : enlèvement d'une montgolfière avec la légende : *Montgolfier à Versailles, le 12 septembre 1782.* Signée.

Grand diamètre, 70 millim.
Petit diamètre, 53 millim.

6.100
Mannheim

7 — GRANDE BOITE ovale, montée à cage en or de couleur ciselé, et composée de panneaux émaillés vert, sur lesquels sont rapportés cinq médaillons ovales peints sur émail, à compositions symboliques. Rosace en or sur le dessous. Fin de l'époque Louis XV.

Grand diamètre, 87 millim.
Petit diamètre, 65 millim.

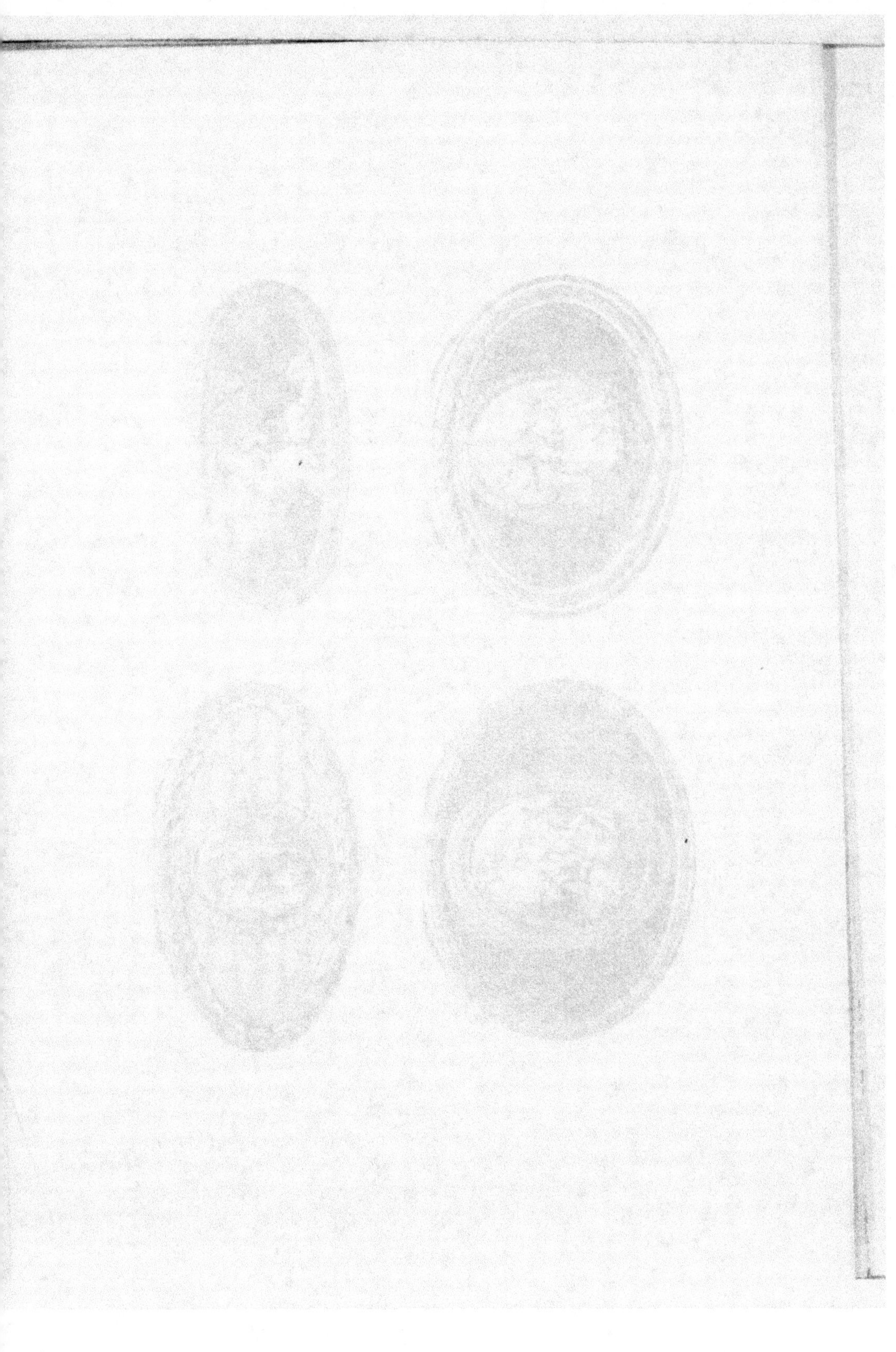

15

Fernand

[illegible]

[illegible]

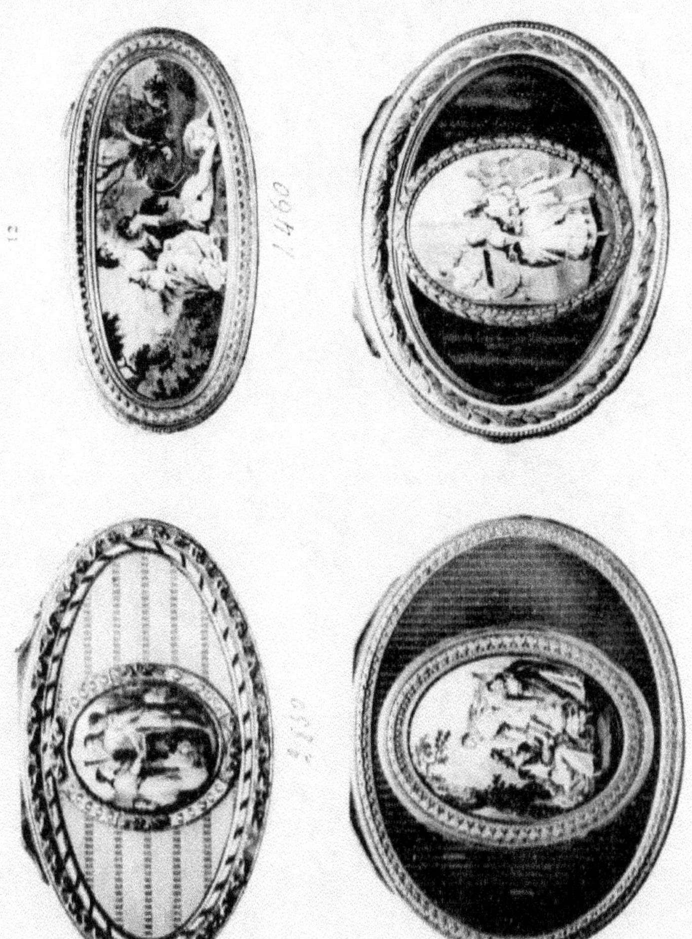
12
1460
11
1139
2800
6100

8 — Grande boite ovale en or émaillé rouge orangé ;
bordures et montants à guirlandes et feuilles en
relief et réserves sur fond blanc. Sur le couvercle,
médaillon ovale peint sur émail : la Danse.
Poinçons de Fouache, régisseur des droits de
marque. Année 1774-75. Époque Louis XVI.

Grand diamètre, 82 cent.
Petit diamètre, 60 cent.

9 — Boite ronde de l'époque Louis XVI, en écaille
brune galonnée d'or. Sur le couvercle, une gouache :
la Mère de famille.

Diam., 75 millim.

10 — Boite ronde, composée de plaques de verre à
fond bleu ; monture en or à torsades. Sur le couvercle, miniature ovale du temps de Louis XVI,
portrait d'homme en buste, de trois quarts, vêtu
d'un habit rose.

Diam., 70 millim.

11 — Boite ovale en or gravé, bordures à cordons de
feuillages et filets ; montants à volutes et guirlandes
partiellement émaillés. Sur le couvercle, médaillon
ovale peint sur émail : allégorie de l'Hymen.
Époque Louis XVI.

Grand diamètre, 87 millim.
Petit diamètre, 50 millim.

12 — Boîte ovale, composée de panneaux émaillés jaune, monture en or de couleur ciselé à feuilles. Sur le couvercle, peinture sur émail à sujet galant. Sur la gorge, le nom : *Roucel, orfèvre du Roy, à Paris*. Poinçons de Fouache, régisseur des droits de marque. Années 1774-80. Époque Louis XVI.

Long., 80 millim.; larg., 37 millim.

13 — Boîte ronde en or de couleur ciselé ; pourtour et dessous émaillés à décor de branches fleuries et perles simulées sur fond bleu. Le couvercle présente une peinture sur émail à deux personnages de style antique, tenant une guirlande de fleurs et de pampres. Deuxième moitié du xviii⁰ siècle.

Diam., 67 millim.

14 — Boîte ovale en or émaillé bleu, bordures et montants à feuillages et vases émaillés sur fond amati. Sur le couvercle, médaillon ovale peint sur émail : jeune femme accompagnée d'un enfant qui tend les bras vers des colombes. Deuxième moitié du xviii⁰ siècle.

Grand diamètre, 67 millim.
Petit diamètre, 55 millim.

15 — Boîte ovale en or émaillé, à décor de paysages maritimes en camaïeu rose sur toutes les faces. Bordures et montants à feuillages et perles simulées, partiellement émaillés sur fond amati. Époque Louis XVI.

Grand diamètre, 60 millim.
Petit diamètre, 50 millim.

1310
1100
1700

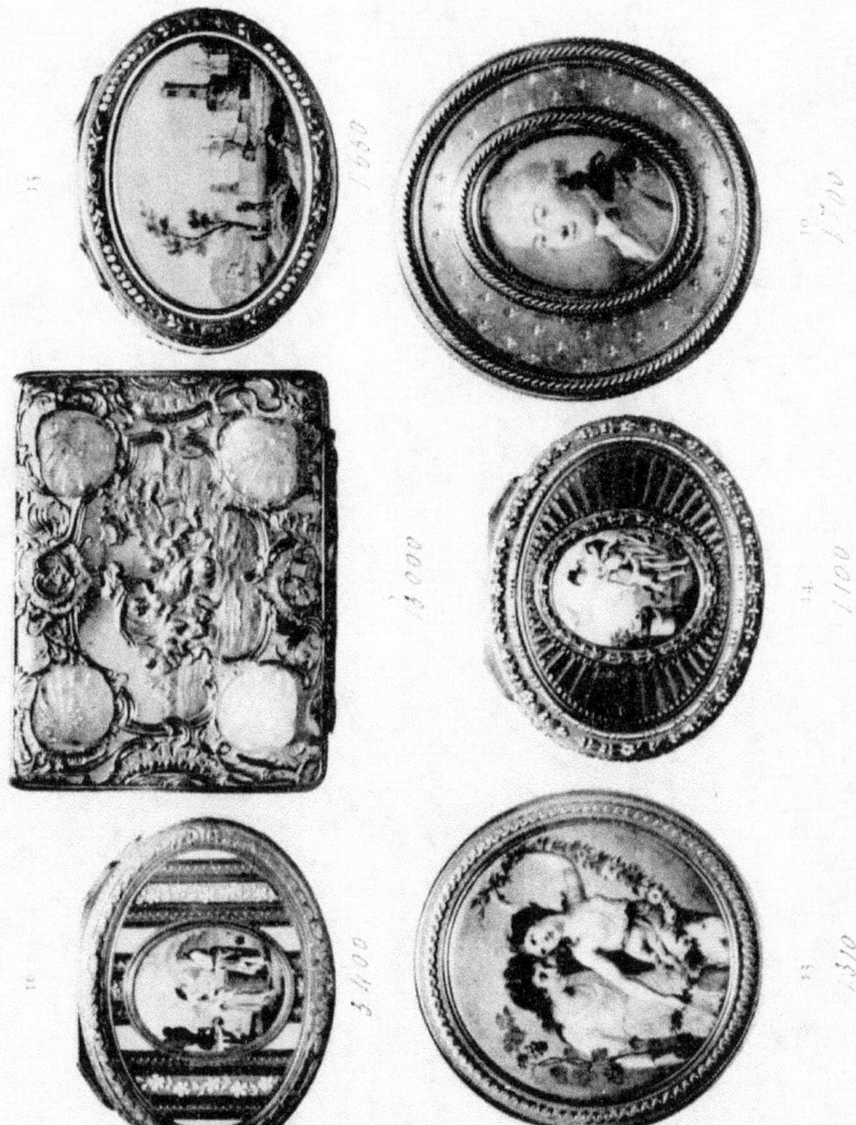

16 — BOITE ovale en or de couleur ciselé, ornée sur toutes les faces de rayures roses, vertes et gris perle, ces dernières décorées de fleurs. Les bordures et les montants présentent des fleurs et des rubans. Sur le couvercle, médaillon ovale peint sur émail : la Diseuse de bonne aventure. Poinçons de Clavel, régisseur général des droits de marque. Années 1780-89. Époque Louis XVI.

> Grand diamètre, 65 millim.
> Petit diamètre, 50 millim.

17 — BOITE ovale, en or émaillé bleu : scène de sacrifice en grisaille et rinceaux réservés sur le couvercle. Fin du XVIIIe siècle.

> Grand diamètre, 85 millim.
> Petit diamètre, 65 millim.

18 — BOITE ovale, en or émaillé à fond bleu : sur le couvercle, la Muse de la musique. Bordures à petites feuilles réservées en or. Fin du XVIIIe siècle.

> Grand diamètre, 87 millim.
> Petit diamètre, 62 millim.

19 — BOITE oblongue à pans coupés, en or émaillé à fond bleu. Sur le couvercle, l'Amour quittant Psyché. Fin du XVIIIe siècle.

> Long., 95 millim.; larg., 37 millim.

20 — BOITE ronde, en or émaillé bleu : médaillon central, bordures et montants réservés en or de couleur ciselé. Fin du XVIIIe siècle.

> Diam., 57 millim.

TAPISSERIES

21 — Tapisserie rectangulaire flamande du temps de
Louis XII, présentant une souveraine assise sur
un trône et entourée de cinq personnages. Ils
portent tous de riches costumes de l'époque. Fond
d'architecture ; bordures de fleurs.

Haut., 3 m. 12 ; larg., 5 mètres.

22 — Tapisserie de la Tenture des dieux, d'après
C. Audran, manufacture royale des Gobelins.
Fin de l'époque Louis XIV. Au centre, sur fond
blanc, Junon assise sur les nuées et entourée
d'amours. Contre-fond rose damassé, présentant
un dais orné de paons, l'aiguières, de guirlandes,
d'enfants musiciens, d'attributs, avec le signe du
bélier à la partie supérieure. Bordures bleues à
quadrillés.

Haut., 3 m. 35 ; larg., 2 m. 55.

23 — Petit panneau en tapisserie du temps de
Louis XVI, présentant sur fond blanc les attributs
de l'Amour au milieu de guirlandes de fleurs.
Bordures vertes à fleurs.

Haut., 1 m. 50 ; larg., 1 m. 60.

OBJETS DE VITRINE

Anciennes Tapisseries des Flandres et des Gobelins

CARTE D'ENTRÉE A L'EXPOSITION PARTICULIÈRE

HOTEL DROUOT, SALLE N°

M° F. LAIR-DUBREUIL   MM. MANNHEIM

RED. :

25

MIRE ISO N° 1
NF Z 43
AFNOR

graphicom

0 1 2 3 4 5 6 7 8 9 10